Senryu no Kamisama
川柳の神様
秀句の誕生と鑑賞
III
三上博史
Mikami Hiroshi
新葉館出版

川柳の神様 Ⅲ

あなたは「川柳の神様」をご存じだろうか。

学問の神様、音楽の神様、スポーツの神様、お笑いの神様と、いろいろな神様がいるが、川柳にも神様が存在している。

川柳の神様は、この大空のどこかでいつも世の中を眺めていて、川柳を詠んで満足感に浸っている人を見つけては、その作品を目にして読めばきっと楽しく味わってくれるだろうと思われる人間を捜し出して結び付け、川柳という縁を作ってくれている。

これから紹介する作品の数々は、そんな縁で神様が私に出合わせてくれたものである。わずか十七音の小さな世界をもとにして、詠み手と読み手を結び付けてくれた川柳の神様には、ただ感謝するほかない。

今後も川柳の神様の存在を信じ続けて、川柳と長いお付き合いをしたいと願っている。

（三上博史）

生き残りゲームしてるんだよパパは

松橋　帆波

競争社会イコール生き残りゲームと考えるのは単純化し過ぎるところだが、パパが語りかけている相手、おそらく幼児であるボクやワタシにとって、生きていくことは生き残りゲーム的なものをいつも孕んでいることを想像することはなかなかできない。それをあえて父親として教えることに、どういう意味があるのだろう。精神的な疲れから出た単なる愚痴なのか。児のためにそれなりの教えを説いているつもりなのか。

いずれにせよ、成長するにつれ、子供がそのことを悟っていくことは確かなことであり、いつの間にかパパと同じような価値観、人生観になっているのである。

ぶらぶらのボタンわたしの現在地

松村　華菜

こういうカミングアウトをされると、実は私も同じですと言ってくる輩が出てきそうである。若い世代だけでなく、まだ若い感覚だと思っている中年クラスの連中もやって来るだろうか。

自分の服装の中の目立たないところのボタンが一ついつもぶらぶらしている。ぶらぶらしていることを指摘したくなる気持ちを抑えて眺めていると、それもそれなりの景色になっていることに気づいたりする。

自転車は空気入れたら軽くなる

宮本　信吉

空気に重さがあることを学校の理科の授業で習った時の衝撃、これはかなりの人が経験していることではないか。そんな記憶を忘れないで持ち続けていると、この逆説的に詠んだ句の妙味もいや増すことだろう。

自転車は、いつもタイヤにきちんと空気を入れてもらいたがっているのである。そのとおりにしてやれば、漕ぐペダルだって軽くなるのだから、自転車もそれに乗る人も満足することとなる。軽快に乗れば物事もスムーズに運ばれていき、すべては円く収まることだろう。空気の重みが万事を軽くさせる自転車なのである。

この傘を
たたむとみんな
過去になる

大橋　政良

この傘とはどんな傘なのだろう。「この」という指示語から、いろいろ思いを巡らしたくなる。人生の傘などと言い出すと、結論を急ぎ過ぎて周りが興醒めしてしまいそうである。かといって、核の傘を持ち出してくると、意表を突くわざとらしさに、反応する気まで失せてしまうだろう。考えるのは、雨傘か日傘か。ワンタッチのジャンプ傘か折りたたみ式のものか。百円ショップで売られて、使い捨て同然の代物だってある。

それではいつ、どのようにして傘をたたむのか。家に辿り着いたからか、雨が上がったからか。丁寧にたたんでいるのか、すぼめて傘立てに置いただけなのか。傘をたたむ情景には、当人の意志とは関係なく、どれもみんな過去になるような、不思議な感情移入が起きてくる。傘をたたむ動作には、そこまで来た時系列を過去という名前に括ってしまう力が働いている。

細麺を選び損した気にもなり

中島　久光

このしみったれた発想が、何とも言えないおかしさを呼び起こす。ラーメンは歯応えのある太麺に限る。焼そばはソースの味がうまく絡みつく細麺がいい。などなど麺へのこだわりの講釈に最後まで付き合うと、時には人生の教訓を聞かされるような退屈さを覚えたりするが、飽食の時代、言いたいことを言った方が勝ちといったところもある。

細麺で損した、太麺で得した、ここまで議論が喜劇的に落ちてくると、どうにも憎めない世界となり、蓮根と薩摩の天ぷらでは、穴のある蓮根はその分だけ量が少ないので薩摩の方に箸が行ってしまう、などという滑稽な結論にも通じてくる。ラーメンなら塩分、天ぷらなら油分の摂り過ぎに注意した方が、健康のためにはよほどいいのではないかという野暮なツッコミはこの際やめておくこととしよう。

靴の先
明日の希望へ
向けて置く

浅川　静子

靴というものは、どういう用途のものであれ、人間の足の形にはどう見ても似ていない。踵を基点にして、切り揃えたような爪先の部分へ伸び広がっていく人間の足の形に、うまく二重写しになるような靴には、残念ながらお目にかかったことがない。靴のデザインは機能より美しさに重点があるのか。たかが一足の靴の形でも考え出すときりがなくなる。

少しでもとんがっているのは、帰宅して玄関に脱いだ靴が明日の希望へ向き直ることができるよう配慮してそうなっているのだ、こんなふうにして靴職人の心温かな工夫を勝手に推理するのもおもしろい。

としよりになると思ったことが無い

寺川　弘一

子供だったら、大人になったら何々になりたい、何々をしたいと素直な願望を持つのが自然なのだろうが、としよりになったら、こうしたいああしたいなどと思うことは不自然なのだろうか。それは、超高齢化社会になっても、としよりは他人事という意識が自分の心の隅にずっと保持されているからであり、高齢者が社会的に定義づけられ、厳密に区別されようとも、それにすっぽり自分があてはまることを想像するのがなかなかできないからでもあろう。

最後までとしよりだと自覚することなく死んでいく。いや、そこまでしぶとく思っているから、それをバネに長生きするのかもしれない。

お代わりをするほどでないスープバー

難波智恵子

大方の人間が常日頃何気なく感じていた、考えていたことをズバリ五七五の枠にはめ込んで表現する。ファミレスのスープバーのお得感を疑問に思い、みんなを代表するような感じで本音を言ってしまう。名詞止めが小気味よい。

外食産業へケチをつけるつもりはないが、少なくともドリンクバーやサラダバーほどの魅力がないのも事実だろう。スープをお代わりするなんてことは塩分摂り過ぎにもつながる。そもそも外食のスープやみそ汁はただでさえしょっぱい訳だし、…と、別の方向からの意見にも責め立てられそうである。

言い訳をするから雨が上がらない

岩間　夢都

梅雨や秋の長雨というのは、それなりの心構えとか覚悟があって降られるものであるから、言い訳をする舞台にはならないだろう。次元が違うと言った方が適切かもしれない。余計な言い訳をするから上がらないのは、案外冬に降る雨なのかもしれない。冬の雨の冷たさは、言い訳をしようとすればするほど、問答無用の滴を地面に落とし続ける。

言い訳は春の気配を感じてからでも遅くはない。自分のために、雨にも聞かれるようなつまらぬことは口にすべきではないのである。

サンズイか
テヘンか
妖しくなってた

中川喜代子

サンズイかテヘンかなどではなく、サンズイならばニスイとの関連の方がより紛らわしいのではないか。でもニスイとサンズイの違いも、前者が氷の節目の形から、後者が流れに沿って下る水滴の様から来ていることを承知しておけば、使い分けはある程度覚えられるだろう。それを踏まえれば、凍や凝はニスイであってそれをサンズイと間違えることはないはずだ。

さて、サンズイとテヘンの妖しさについて調べようと漢和辞典を捲ってみると、汲・扱、泣・拉、決・抉、沢・択、…などなど、意外や意外この手のものがぞろぞろ出てくるのに驚く。漢字のバラエティの面白さに、自分で偏と旁を勝手に組み合わせ、更にサービスして冠や繞まで付けてごてごてした自己流漢字を創作してみようかと妄想したくなってくる。表意文字のパーツを寄せ集めた、まさに妖しい意味の世界である。

ややゆるくなりたるははのにぎりめし

高田寄生木

運動会や遠足などで親が作ってくれたおにぎりの味に馴染んだ世代の多くは、初めて口にしたコンビニのおにぎりに違和感を覚えたのではあるまいか。銘柄米とか海苔の食感がいいといったことに騙されない違和感、それは塩味と握り具合にある。コンビニのそれは、何かおかずが欲しくなるような不具合を感じさせる。ご飯粒は、握るというより固められていると言った方が適切である。

手作りのおにぎりは、握りながら手のひらに塩を載せ、塩味をコーティングしていく。海苔と塩味を頼りに食べ始め、芯にある梅干などの具に辿り着いて、やっとおかずにバトンタッチされる訳である。「はは」は老母。年老いてなお子を思いながら握る十指と手のひらに、ご飯粒がたくさんくっついたことであろう。すべてひらがな表記にした温みの中に、一粒一粒を残さず口に運んだ情景が目に浮かぶ。

ほらそこに誰も帰ってこない穴

居谷真理子

防空壕とか廃坑とか、あるいはもう訪れる人もいない古墳とか、そういった所はどこも不気味で怖いイメージばかりが先行するが、そういった感情を払拭して向き合ってみると、誰も帰ってこない淋しい穴であることに気がつく。

なるほど穴とは、どれも淋しい顔をしているものである。

シーソーに乗ると昔の僕になり

鈴木柳太郎

ブランコを漕げば風も無邪気になって童心にかえりそうになるが、シーソーだと昔の僕に戻るのだろうか。

ブランコの揺らし揺られる心地とシーソーの上下の落差を味わうスリルの違いに注目すると、一人でも楽しむことができるブランコ派と、相手がいないと遊べないシーソー派に分けることもできるだろう。

一昔、二昔前の僕に戻りたいなら、シーソー派にならないといけないようである。

満腹感
みないい人に
見えてくる

和田いさむ

自分が満腹になるだけで、単純に他人が善人に見えてしまう。簡単に性善説に傾いてしまう。確かに法則性がありそうである。会議や交渉事などにこれを応用した場合、そういった類のものはすべて食後にする方がベターということになる。

しかし油断は禁物である。満腹感の肉体に載っている精神は隙だらけであることに早く気がつかないと、安易に実印を押したり、安請け合いをしたりして、必ず後悔することとなる。

うるさいと一喝
父の負けいくさ

本多　艶子

一喝を辞書で調べると、大声で一声に叱ることと書かれてある。

大声というのは出し抜けに人の耳に入るものであるから、そういうやり方で叱るということ自体、平等とか人権とか民主主義とかを学校教育でたたき込まれている若い世代には、アンフェアに感じられる時代おくれの代物であろう。父親の身勝手と小心さが目に浮かぶ。

一喝の効果も空しい負けいくさは、当然の帰結である。

夢を見るには
踏切りの
多い街

鎌田　京子

踏切りが多いから細切れの夢しか見られないのだろうか。一見、嘆いてるように見えるが、細切れを繋ぎ合わせてそれなりの夢にしようという思いも感じられる。

踏切りばかりに出合う喧噪な街でも、歩き続けていると、きっと何かが生まれ出てくるのではないか。

おねだりはS字フックのかたちして

松谷　早苗

曲がり具合が少し媚びるような形状のS字フックだがらといって、おねだりするような欲求を持っているのだろうか。ちょっと疑問だなぁ…。でも、何も引っ掛けられていないS字フックが寝転がっていたら、何でもいいから掛けてもらいたい気持ちが見えてきそうな気もしてくる。そして、どんなにつまらないものであろうと、とにかく何かを掛けてもらって役立ちたいとじっとしているS字フックは、この句にあるとおり、どこかおねだりしている仕草にも通じてくる。人間はおねだりをしたがる。それは大人だろうと子供だろうと変わりはない。S字フックと人間がいよいよ重なってきた。

あらゆるものは擬人化できる。すべては共通点がある。そう考えていくと、おねだりする人間はS字フックそのものであると強気に言ってみたくなる。

人の世は二色で足りる鯨幕

板垣　孝志

いきなり鯨幕などというものを持ち出してきて、人の世はこの二色で足りてしまうのだと言い切られると、なるほどそういうものかと妙に納得してしまう。

白と黒の縞模様にどういう意味があるのか、この世とあの世を区別しているのではないか、それくらいの凡庸な発想はできよう。民俗学的な立場から探ったり、文化人類学的な視点で考えてみたりと、学問的な考察をすれば、それなりにかなり面白いものが出てくると思うが、人間は誰でも生まれてから必ず死ぬことを考えると、人の世を鯨幕で意味づけする言い方に異論は出ないのではないか。

人間の終わりが二色の鯨幕なら、生きている間に自分の分身のように使われる手帳の書き込みには、色は違うが同じく二色のボールペンで事足りることを申し添えておく。

弁解をする唇に縦の皺

原井　典子

弁解は、弁解をしたいから弁解するのであって、弁解を聞きたいから弁解を聞くということはあまりないと考える。さして聞きたくもない弁解を聞いてやるのだから、その人の顔をまじまじと見ながら聞き入ることもあまりないと思える。なのに、弁解をする人の唇に縦の皺を見つけてしまう。

要は、そんな弁解などにつきあいたくないが仕方なく向き合っている証拠である。縦皺などなんらおもしろい発見ではない。鏡を見れば自分の唇にもそれがあることぐらいはすぐ分かるが、だからといってそれが相手との共通点になることもない。

助詞ひとつ変えれば王様になれる

佐藤美枝子

てにをはの助詞のいずれか一つを変えれば、いとも易々と王様になれてしまう。王様なんてものは、所詮そんな程度の存在なのさと言い切りたくもなる。しかし、いつどのような場面で一つの助詞を変えたらいいのか。当事者になって考え始めると、これはなかなか難しい。勇気の要ることでもある。うまく変えてみて王様になったとしても、今度は、またまた助詞一つで王様の地位を奪われる不安も出てくる。

助詞の集合体の上に載っている王様の立場は実に不安定と言える。たかが助詞一つ、されど助詞一つの世界である。

独りという自由と同じほどの闇

山倉　洋子

独りでいることは自由であるが、それと同量の闇を背負わなければならない。自由が闇と同じなら、闇の中は自由であるという論理も成り立つ。闇なのだと諦める前に、この闇と同じくらいの自由が実は潜在すると考えれば前向きになれる。

独りという梃子を使って自由を手に入れ、闇の深さを覗き込もうとすれば、案外そこで本当の自分と向き合うことができるかもしれない。

鶏が
卵より先
親だもの

中筋　弘充

鶏が先か卵が先かの論争は、なんと川柳という十七音の世界において結論が出された。そう驚いてもいいような句である。

やはり「親だもの」というフレーズには誰でも弱い。誰しも反論できない。育児放棄するような親が増える世の中にあっても、「親だもの」の一言の重みはまだ変わらない。

ノックして愛が気安くやってくる

平田　朝子

もともとノックする習慣などというものは日本にはなかった。咳払いとか足音など、そういった人影を察知する方法で充分用が足りていた。

愛が気安くなったのも、西洋風のドアが普及して、ノックの習慣が広まったせいかもしれない。

歯を磨く ゆうべの嘘を 消すために

宮本 礼吉

毎朝の習慣になっている歯磨きをことさら取り上げて、昨夜の嘘とリンクさせる。この根底にあるのは明け方の夢ではなかろうか。寝覚めの悪い夢だったのだろうと安易に考えてはおもしろくない。

ここは全く逆の発想で攻めてみる。実はこの上もない幸福な夢だった訳である。しかし目が覚め、心地よい余韻に浸り終わってから、何かおかしいと思い始める。どこかに罠があるのではないか。何か不自然ではないか。そう疑ってきて、前日の嘘にやっと辿り着く。こうなると、夢なんかほっぽり出して、急に落ち着かなくなってくる。そして慌てて歯を磨き始める。しかし、自分で言った嘘の残滓は、食べかすよりしつこく歯にくっついているのではないだろうか。

裏切った方も今夜は眠れまい

関川　岳司

裏切られた方が眠れない夜を過ごす。悔しさが募るばかりで、如何ともしがたい夜である。しかし、裏切った方も、こちらが示した誠意を忘れてはいないだろうから、きっと良心の呵責に耐え切れなくなっているのではないか。

こう考え始めてみると、眠れないのはお互い様だという結論になっていき、ついには眠りに入ることができる。

天の川まで
前髪を
剪りにゆく

倉本　朝世

天の川という億光年隔たった世界と、前髪というミリ単位の長さへこだわる自分との遠近感に対しては、見事な発想と褒めるほかはない。

こういう提示をされると、読む方は、ロマンチックな物語を自分なりにどう組み立てればいいか真面目に考えたくなる。

言い訳の下手な男へリンゴ剥く

永石　珠子

　言い訳があまりにも下手なので、おもむろにリンゴを取り出して剥き始める。何故リンゴの皮を剥き始めたのか、男の方は気づくはずもない。

　適当な言い訳が一向に見つからず、堂々巡りの思考回路に陥っている男をよそに、リンゴの方は剥かれた皮が着実に伸びていく。剥き終わって裸にされたリンゴは、言い訳の下手な男そのものなのかもしれない。

フォークでは
救えぬ
切れ端のパスタ

斉尾くにこ

どうでもいいようなことを、どうでもよくなさそうに取り上げて論ずることによって何かが生まれる。これも川柳の一つ。だから、些事に思えることのほとんどは蔑ろにできない。スパゲティなどのパスタの切れ端は、フォークでは本当に摑めない。掬えない。切れ端は箸の方が断然相性がいい。日本人がミートソースなどを食べる場合、使い慣れた箸を使った方が、シャツやブラウスにソースが跳ねる確率は低いだろう。

こういう細かいことにこだわる作者は、食べ物をいつも残さずに食べることや決して粗末にしないことをきちんと教えられた世代ではないか。さらに家柄のいい家庭で育ったのではないか、などと勝手に想像されて、パスタの切れ端一つからいろいろなことが広がって見えてくる。

赤ちゃんに抱かれているのかもしれず

浜田　総子

この句は、一度読んでみただけでは「あべこべのことを言って、何のことか分からない」とすぐ思ってしまうのではないか。

しかし、『かもしれず』の余韻を引きずりながら、何度もゆっくり読んで赤ちゃんを抱く情景を思い起こしてみると、我が子として母親や父親が抱く、孫として祖父母が抱き取る、さらに親戚の人達が抱き寄せる、そういう場面を展開していけば、抱かれている赤ちゃんに、実は抱いている人それぞれが抱かれているところもあるのだと気がつく。結構深い意味合いを持っている表現に対してなるほどと思うのである。

自転車に乗ってこの世を視察する

新家　完司

毎日自転車に乗って通勤や通学する、あるいは買い物に出掛ける人達だと、ペダルを踏みながらこの世を視察する気分はなかなか生まれないだろうか。休日の午後などに自転車のハンドルを久々に握り、すっかり忘れていた平衡感覚を思い出してはおもしろがるような場合が想像される。太陽の下でそよ風の清々しさも味わっているに違いない。

「この世」も「視察」も川柳的な誇張表現であるが、この大袈裟な言い回しのおかしさの中に川柳的な真実が含まれている。大した用事もないが、久しぶりに自転車のサドルに腰かけて近所を走り回れば、それは小さな発見の旅になる。自転車に乗って気持ちのいい汗をかけば、少し目線が高くなった気になり、歩いているよりは景色がスムーズに変化していくらくちんさに、なんだかこの世を視察しているような気分になってきても不思議ではない。

どこまでが近所なのかがわからない

小佐野昌昭

近所という概念の守備範囲を哲学的に考察しているのかもしれない。向こう三軒両隣などといったりするが、近所とは、必ずしもこれに収まるものではない。一つの自治会あるいは同じ班内といえども、機械的に自分の家の近所を定義づけすることは難しい。

家族の中でも、お父さんとお母さんでは近所についての考え方が違うかもしれないし、子供や祖父母の行動範囲も区々だろう。人付き合いに基づいたご近所を厳密に定義することは、国語辞書をひいて調べてもあまり意味のない、極めて主観的かつ相対的なものなのである。

ないしょだが
白雪姫は
私です

ふじむら　みどり

「白雪姫」のところをブランクにすれば、正解をいくつも出せそうな完成問題にすることができる。六音の名詞ならすべて正解にしようか。童話のヒロイン、人間ばかりでなく動物や植物、はたまた微生物まで、いやいや鉱物でも構わない。目に見えないもの、存在が疑わしいものを持ってくるのもおもしろいだろう。名詞以外の品詞でも構わない。何でもはめ込んで言葉遊び、言葉以上の遊びを楽しむ。そうした後に原句に戻ってみる。

いかにも勿体を付けたような「ないしょだが」から、「白雪姫」という可憐なイメージを持ってきて「私です」と断定する言い回しは、措辞にそれなりの減り張りが利いていて、独特なコミカルさを感じとれるだろうか。「私」の中にいつも存在している「白雪姫」という影の部分が、いつの間にか憎めなくなってくる。

人間もゴミも分別されている

三宅　保州

地球にやさしくしなければならないご時世であるから、ゴミの分別もうるさくなってきているのであるが、真面目にゴミの分別をしている人達も、別の視点から眺めてみれば、格差社会などと言われている現代において、しっかり分別されているのである。

ゴミを適切に分別している人間も、実は世の中で適当に分別されているアイロニー、分別と言えばゴミのことばかり思いつくのは錯覚と同じなのである。

あたたかい
小説がある
鍋の中

樋口　仁

　適当な数の人間が囲んで絵になるものは、別に鍋だけの特権というほどでもなく、鉄板を置いて肉や野菜の焼け具合に騒いだりするバーベキューだって構わない訳である。でも、ほのぼのとしたあたたかい小説を連想するとなれば、やはり鍋料理に勝るものはなかろう。

　鍋料理に起承転結のストーリー性を求めてみたらどうなるだろう。すき焼きとか寄せ鍋とか、料理によってバリエーションをつくることができるし、材料や調味料は伏線に使える。箸やおたまの使い方が微妙な展開を見せるかもしれないし、立ち上る湯気の動きも見逃せない。鍋そのものは古風な鉄製のものだと、その黒い艶が妖しく光って想像を更に掻き立てるだろうか。

連結器勇者の音で握手する

清水　幸

川柳を詠む場合、星の数ほど題材があることを承知していたが、列車の連結される音に勇者を持ってくるとは大した想像力である。

通勤や通学で使っている路線では、毎日行われている見慣れた光景であろうけれど、旅先で経験するものであれば興趣を感じてくるのではなかろうか。連結される際の揺れをきっかけにして手にした缶ビールの酔いがみるみる加速される。そのピークの中で、ふとあれは勇者が握手している音ではないかと一人思い込む。列車で行く旅は、車窓の景色だけではないのである。

人類の告別式は一時より

佐藤みさ子

「人類の告別式」の知らせが届くというのは意表を突いていておもしろい。愉快ですらある。驚いたり慌てたりするのはスマートな反応ではない。何も考えず素直に受け取って、顔色一つ変えずに読み終えるのがよろしい。

人類の告別式だから、何を着ていくかとか、いくら包んだらいいのかとか、そんなことに気をつかう必要はない。そんなものに煩わされる理由もない。そういう告別式に参列することもたまには経験したいものである。

バンザイをするとぽろんと古い釘

草地　豊子

古い釘には古い人間が容易に想像される。だから、ぽろんと釘がとれてしまったとしても、さほど狼狽する必要もないのではないかと思ったりする。自分の身体、いや精神のどこかかもしれないが、打ち込まれてじっとしていた釘の一本や二本が何かの弾みで突然抜け落ちたとしても、古い人間はこれも歳の所為とあっさり観念するだけでいいのかもしれない。それが、バンザイをしていた場面というのがこの句の妙味である。

人のためでも世の中のためでもどちらでもいい。とにかく滅多にしないバンザイをした時に図らずも釘がぽろんと出てくる。バンザイという楽天的、能天気的な行動の際に自分の古い釘と対面するというのは、なんとも言えないおかしさを醸し出していて、一つの漫画になっている。

山脈が生まれたらしい午前二時

あきた・じゅん

　どこで山脈が生まれたというのだろう。遠い国のことなのか、近所のそこらへんなのか。人の心の中なのか、実は自分の胸の内に生まれたのか。草木も眠る丑三つ時は、何かが始まり動き出すにはちょうどいい時間帯なのである。

　晩酌に一本余計につけた熱燗の酔い覚めへ渇いた喉が蛇口の水を欲しがったとか、あるいは寝る前に今日一日の自分を労って飲んだ缶ビールのせいでトイレに行きたくなったとか、その他とにかく事情はどうであれ、寝ぼけ眼で布団から立ち上がった午前二時頃に、自分の思い知らないところで山脈が生まれているのは間違いなさそうだ。

価値観という厄介なくい違い

大嶠　克明

確かに厄介である。しかし、人間にはエゴというものがあることを考えると、価値観などという、いかにも観念的な用語をわざわざ持ち出す必要はない。単なるエゴとエゴの衝突ということで説明がつく場合が多々ありそうである。

政治家がやり合う大層な議論もエゴ丸出しという風にも見えるし、理屈と理屈がぶつかり合うという点では、焼売にかけるのはソースがいいのか醤油がいいのかという論議と大して変わらないとも言える。この句の根底には、そういった皮肉が込められている。

たぶん世界は もっと 広いのではないか

竹内ゆみこ

何気なく読んでどうでもいいと忘れられてしまいそうであるが、新鮮な表現があることに気がつくと、妙にいろいろ考えたくなるところが出てくる。そういう句である。

世間は狭くて世界は広い、などとカビ臭くて教訓的なことを持ち出すつもりはない。「たぶん」などと、力を抜いた言い出しから始まって「世界はもっと広い」とつなげる言い方に、興味・関心の目線を上げさせる穏やかな説得力を感じる。何度も読み返すうちに、私もそう思うと勇気づけられてくるものがある。

自慢したい服は値段もしゃべりたい

坂牧　春妙

こういう心理は、少し屈折しているようだが、意外に素直なところもあって憎めない。大枚をはたいて買ったのだから、それだけの価値があることは認めてもらいたい。人とのお喋りの中で、そんな気持ちが揺れ続けながら持続している訳である。

この句では、服自体が持ち主の立場になり、私が代わって値段を言ってあげたい、とおもしろおかしく擬人化した読み方をも提示している。それは、英語のような主語と述語の厳密な関係がない日本語ならではの解釈であり、曖昧な日本語表現の妙に改めて気がつく次第である。

服だけでなく車も家も墓石も、買い求めたものは購入した価格を抜きに会話することはちょっと物足りなさが残り、かと言ってあからさまにお金のことに言及するのも野暮ったさを見せる。物には必ず値段があることの難しさである。

いまごろになってこの世のさわり方

徳永　政二

この世のさわり方という表現にすぐ惹かれた。物事を悟ったということをこういう言葉で言い表す。若い世代には思いつかない言い回しだろう。

この世をさわれるようになるのはいつ頃からだろうか。無意識のうちにこの世をさわろうという思いが募ってきて、いつの間にかこの世をさわり始めている。そして、そのさわり方まで気になってきた。

世の中は大きく変化しているようで実は大して変わっていない。変わったのは自分の心の有りようだけだということをも言外にほのめかしているようである。

物捨てているから美しいおうち

高橋　繭子

当たり前のことを言っているに過ぎない、そう思っただけではもったいない。片づけが下手でゴミばかりの家に住んでいる人の精神構造には、意外と潔癖症のところがあるようであるが、物を捨てる行為というのは、自分の過去と決然と別れることと同じであると考えれば、この句の情景には、積極的に物を捨てて暮らしている家の住人の背筋を伸ばして前向きに生きている様子が窺えそうである。そのライフスタイルの美しさを詠んでいる、そう解釈してみたい。

過去に寄りかかり、過去を引きずっている人は、暮らしも気持ちも不衛生になりがちなのかもしれない。

寺の鐘きいて
寄付金
思い出す

木原　広志

平成・令和の世のお寺の経営は厳しい。坊主丸儲け、などと言っていたのは過去のことであり、檀家制度を維持することすら都会などでは難しくなってきているようである。

本堂を大修理するとか、鐘堂を建てるとか、何につけ話は寄付のことに必ずつながってくる。自宅の仏壇へ生花を供えることすら面倒くさがるような人間がいるご時世、寺の鐘を聞いても寄付金のことを思いつかない檀徒も増えてくるだろう。そんなことを考えると、お寺の鐘の響きに時代が移り行く寂しさを感じてしまう。

五十年先、百年先のお寺はどうなっていることだろうか。鐘はいつもの時刻にきちんと鳴り渡っているのだろうか。この句のような思いは、古き良き時代のことになりかかっているようでもある。

レモンのレ　だれにも触れて　ほしくない

澤野優美子

レモンのレと言えば「ドレミの歌」をすぐ思い出す。どんな言葉を話す国でも、赤ちゃんがおなかから生まれ出る時に泣き叫ぶ産声は、ハ長調のラの音階なのだという話を聞いたことがあるが、レの音階はその対極にして、あまり触れられたくない、万国共通という観念には馴染まない内向的なものなのかもしれない。酸っぱいレモンが抱え込んでいるナイーブさに改めて気づく句である。

元旦と人間だけが思う朝

渡辺　真砂

親から何を訊かれても、刃物を突きつけるような態度しかとれなかった反抗期に、「何が正月だ！」と世間にも逆らうような考えを持っていた人は、案外いることであろう。これから一年が始まると言われたって、大晦日に沈んだ太陽と元日に昇ったそれとは、一体全体どこが違うというのか。正月だから、日本全国どうして一斉にお祝いムードにならなければいけないのか。

　この句は、そこまで多感に屈折した発想で詠んだものではないが、過去から未来へ流れ続けている時間に区切りをつける意味へ、素朴な疑問を差し出している。人間以外の、例えば動植物でも路傍の石でも、そういったものたちは、元旦を言祝ぐ人間の習性を勝手なものと冷やかな眼で見ているのだろう。

ゆっくりとして来た筈の旅づかれ

宮口　笛生

屁理屈かも知れないが、これから旅行に出る家族や知人などに対して、ゆっくりしてきてください、などと言って見送っても、大体において旅行するという行動は疲れるものなのである。温泉旅行などと称しても、お湯につかるだけではなく、何品も出される料理に胃腸も酷使される訳である。

本当にゆっくりするのは、帰った翌日、ひがな一日自宅であまり動かないでいることを指すのかもしれない。

とつぜんといういうじんせいをくりかえす

渡辺　和尾

突然というのは主観の中のことであり、実に人間的である。全知全能の神様の辞書にはない言葉であろう。なぜなら神の視座からは、すべては因果の連鎖によって時間が経過している訳であり、突然のこととして驚くものは何一つ存在しないからである。

生物進化の世界における突然変異も、もっと学問が進歩すれば、突然でなく必然であることが解明されるかもしれない。しかし人の生き方には、永久に突然ということがつきまとうであろう。突然であることによって、学んだり悟ったりするものもある訳である。

急がぬ日赤信号がすぐ終わる

門馬阿づさ

赤信号が点灯している間に止まっている時間、この長さというのは多分に心理的なものである。急いでいる時はひどく長く感じて忌々しく思ったりもする。これに引き換え時間に追い立てられていない時の赤信号は、何かものを考えながら運転している場合など、誠に呆気なく感じたりすることがある。

たかが赤信号といえども、待っている人間の気持ちによってその待ち時間は如何様にも解釈されるということである。

忘れたいことは
忘れる
ことがない

本間満津子

忘れてはいけないことを忘れてしまうのは、当たり前過ぎて句になりにくい。忘れることができないものがあって、それに振り回されるようになってくると、句の題材がいろいろと浮かんでくる。それからさらに穿ちを加えると、このような佳句が完成する訳である。

贅言を加えさせてもらうならば、人から忘れなさいと言われると、たとえそれが助言であっても、余計に忘れることができなくなるというのが人間の心理というものであろう。

こども部屋親の死角で脱皮する

橋口　正信

　思春期になって覚え始める善いこと悪いことの一切合切を引っくるめて詠んだ句であろう。親の死角になるのは、押し入れ、机の引き出し、ポスターの裏側などなど、拾い出していけば際限がない。子供の方もこういった方面へ知恵を働かせることには労を惜しみはしない。また視点を変えれば、死角は仕掛けになっていると言える。禁断の引き出しを開けてみれば、実は親を慌てさせるものが飛び出してくる仕掛けである。

　さらに言えばこの句の脱皮は、成長を暗示するだけでなく、反抗期の現象、例えば茶の間で聞かされた毎度の説教を自分の部屋に戻って脱ぎ捨てるような所作をも連想させるところがある。

少年のポケットにある不発弾

平山　耕實

多感な少年時代には、誰でも不発弾の一つや二つは隠し持っているというものである。不発弾だからほんとに爆発する可能性はほとんどない。でも信管はあるのだから一応は用心すべきであろう。甘く見ていると自爆テロのようなとんでもない悲劇だって起きる可能性は、完全には否定できないのである。

でも大人に近づくにつれ、いつの間にか完全に爆発しない不発弾になって、やがて気がつけばその影は消えている。心の成長には、厄介なものが必ず絡んでくるというものである。

正論が湯水のように出る日暮れ

荻原　悦声

昼間相当疲れたに違いない。一日の戦いが終わった日暮れ時に、正論が湯水のように出て来ても、明日への糧になるとは思えない。負けたことへの潔さが感じられない。

理屈と膏薬は何処へでもくっつくのと同じレベルで、湯水のように出てくる正論は、所詮底の抜けた桶に溜まるだけなのである。それより、日暮れ時は素直に沈む夕日を見つめればいい。正論や理屈やあるいは言葉そのものに対して少し距離を置く時間なのである。

目印にされたポストは凛と立ち

藤井　正雄

手書きの略地図などを片手に、汗を吹きながら目的の家を捜し歩く。新興の住宅地では目印になりそうなものはあまりない。

赤いポストは貴重な目印である。ポストが凛と立っていると感じるのも、むべなるかなと思う。知らない土地では、日頃は自分に全く関係がないと思っていたサラ金や怪しいエステの派手な看板だって、頼りになるありがたい目印になる訳である。

それぞれの屋根に雪あり始発駅

松本　幸夫

太郎や次郎の屋根が出てくる三好達治の詩「雪」とはいささか趣の異なる雪と屋根の情景である。それぞれの家にそれぞれの屋根があることを雪が降り積もってしみじみ思う。降る雪に隠れてしまってから、屋根の表情に思いが及ぶ。

大空を毎日眺め、日本の季節の移ろいを知り尽くしている屋根瓦は、家のもう一つの顔と言える。降り積もる雪にその顔が消えてしまったように見えるが、それがかえって家そのものが雪の重さと冷たさに耐えている姿を浮き上がらせていく。

始発駅で電車を待つ間、時は独特の流れを作り始め、それに思いをまかせていると、目に映る周囲の何気ない景色と共鳴して思わぬものを生み出すことがある。

ふくらんで
くると
風船にも野心

定本イツ子

風船のふくらみ方にはきまりがない。ある一定以上のふくらみを見せると、風船は人間の野心に似てくる。

身の程を弁えたようなふくらみ具合なら、可愛さがあって夢を詰め込んだようなイメージがある。しかしふくらみ過ぎると、破れてしまうかもしれないというリスクを背負わなければならず、夢から野心へと豹変してしまう。もう子供が手にして遊ぶおもちゃではなくなってしまう訳である。

卵焼き息子が腕を上げている

内田　順子

卵焼きを料理しているのが息子なのか母親なのかで、イメージの広がる方向ががらりと変わる。どっちにも解釈できる曖昧さが五七五の面白味と強みである。まずは前者。息子がまだ小中学生ぐらいの年齢なら、風邪をひいて寝込んでいる母親に代わって台所に立つ頼もしい光景が浮かんできそうだ。思春期を過ぎて少し大人に近づいた年齢だと、親にはまだ内緒だが、実は高校を卒業したら板前になろうと考えている、そんな背中が目に浮かぶ。

後者なら、母親が卵焼きを作りながら、野球やサッカーなどのスポーツで息子が上達していることを素直に喜んでいる様を自由に描いたりすることができる。いずれにしても息子に関するいろいろなイメージが膨らんでいき、それが出来上がった卵焼きに凝縮されて読み終えることとなる。卵焼きの黄色には息子の可能性が隠されている。

左遷地の
妙に愛しい
夜の蜘蛛

てじま晩秋

左遷は単身赴任なのだろうか。まだ落ち着きを取り戻していない新任地の生活の中で、晩酌をしながら今日一日を振り返ったり、風呂に入って明日のことを考えたりした後、寝静まる時刻を迎える。その時、すうっと蜘蛛が登場してくる。夜の蜘蛛は縁起が悪い、などと言ったりするが、左遷された身には妙に愛しい存在になるのである。

静寂を舞台にして、夜の蜘蛛は可愛らしさを見せながら、何を暗示しようとしているのか。どう慰めようとしているのか。それからの展開が気になるところである。

骨肉のこわれやすきや砂糖菓子

宮本美致代

　骨肉はこわれにくいものと思うのが一般的であるが、そこに留まっていては川柳の発想は出てこない。こわれやすい面にしっかり焦点をあてて五七五が生まれる。口当たりはよいがすぐに飽きられてしまいそうな砂糖菓子から、こわれにくそうで実はこわれやすい骨肉を持ち出してくるのが作者の感覚である。

　骨肉の語を使った言い回しといえば、「骨肉の情」という言葉がまず思いつくが、その次に思い浮かぶのが「骨肉相食む」とか「骨肉の争い」とかの負のイメージの用例である。極端から極端に行く印象を内包する骨肉という言葉と砂糖菓子との相性は、予想外に良さそうである。

死の話
避けて混んでる
ラーメン屋

佐藤　容子

ラーメン屋の混み具合は、享楽主義的にも見える。死の話のような重たいことから逃げようとしている人達が、ラーメン屋の店先に順番を待ちながら列をなしているのではないか、そんなふうに思いたくなる。

たかがラーメン一杯なのにという観点から見れば、この句のようなイメージが生まれてくるのだろうか。

ひざ裏に隠れたらしい天邪鬼

吉岡　麗子

　正座した姿を思い浮かべるのが妥当だろうか。人と正面から向き合えば、どんな天邪鬼でも、その天邪鬼さはなかなか表に出せなくなってしまうというものである。

　どこに隠そうか、どこへ隠れようかと考えるまでもなく、当人の意識する次元とは別のところの作用で、天邪鬼は折り曲げた膝頭の裏に逃げ込んでしまう。ここなら、後ろからでも横からだろうが完璧に見つからない。器用なものである。しかし、立ち上がったら、天邪鬼さの本音が転げ出てしまうかもしれない。最後まで慎重にしていた方が無難だろう。

ヴァイキング
ゆっくり食べた
ことがない

河内　天笑

立食形式ならなおさらだろう。和洋中のどれもふんだんにあります、などと言われても、刺し身などは早く取らないとなくなってしまう。それではフランス料理や懐石料理だとゆっくり食べられるかというと、次々と出されるのも案外胃袋にとって落ち着かないものがある。

刺し身、天ぷら、煮物、焼き物、汁物、ご飯、デザートと、豪華に一度で出された方が寛いで食べられるのかもしれない。料理を一通り眺め回して好きな物から箸をのばす。どれにしようかと考えながら味わうことも、おいしさの一つだと思う。

真夜中に特にがんばる街路灯

清水　一笑

街路灯には気持ちがある。だからすぐに擬人化できる。夕暮れて街路灯の明かりが灯り始める。いよいよ暗くなってきたな、もう今日一日も終わりになってくるな、そんなことを思いながら家路を急いでいる、あるいは車を運転している人の心へ、街路灯は明かりを灯してくれる。

これだけでもそれなりの風情というものが感じられるが、でも街路灯の真骨頂は、やはり深夜の時間帯の点灯業務であろう。独り寂しく歩いている者の背中や目的地を目指して走っているトラックの屋根を更に明るく照らしたい、それくらいのサービスはしてやりたいという明るさの優しさを感じる、そういう存在が真夜中の街路灯なのである。雨の日、風の日、いろいろな天気の中で、街路灯は微妙な色合いを出して立ち尽くしている。

膳拭いて家族四人の座る位置

泉　比呂史

家族は四人でなくても、三人でも五人でもそれなりの景色にはなるだろう。集まって対角線が結べる数の方が多層的な家族関係のおもしろさが出てくるが、二人家族だって一人暮らしだって、座る位置というのはなぜか決まってしまうというのが、屋根の下、部屋の中というものである。厳密に言えば、膳とは一人前を載せるものを指すのだろうが、それでは時代をかなり遡らせなければなかなかイメージできないので、一般的な食卓の感じでいいと思う。

食事をする前に拭き、食べ終わってからも拭く。食卓を中心にして家族が集まり家族が散っていく。そういうことを繰り返しながら毎日の時間が経過し、歳月となって少しずつ積み重なっていく。繰り返される変わらないことがいつの間にか変わっていることに、ある時ふと気がつく。それが家庭という時間の風景なのかもしれない。

黙ってる人から風が吹いてくる

ひとり　静

沈黙が起こした風とどう向き合うか。なかなか厄介なものだろう。黙っていることで蓄えられていたエネルギーが心理的な風を巻き起こしてくる。

周りの誰かが別の話題を持ち出してきても雰囲気は変わらない。とりあえずしばし中断することが得策か。それでそれぞれの心に何かが見えてくれば、沈黙の風も少しは収まることだろう。黙ったままの状態から何か言葉を吐いてくれるはずだ。

ヤジロベエ
どなたも泣かせ
ないように

西田美恵子

ヤジロベエを手にとって一人遊んでいると、そんなことを思いつくのだろうか。一見すると主体性がないようなヤジロベエにも母性愛に似た感情がある。作者はそれを発見してこう詠んだのかもしれない。誰に対しても泣かせるようなことをしたくない優しさがヤジロベエの表情の中に、実は隠されている。作者にも同じような優しさがあって、うまく共鳴したのだろう。

ヤジロベエでもダルマ落としでも、素朴な玩具を手にすると、何か思い出したような発見ができるかもしれない。

朝刊を斜めに走るマグカップ

玉村　幸子

のんびりと湯気の立っているマグカップを片手に、忙しなく朝刊を一枚一枚めくり、見出しに目線が引きずられてはおもしろそうな記事を拾い読みする。新聞一部に載っている記事全部のボリュームは新書本一冊ほどであるというが、それをせいぜい十分か二十分で読み終わらせることとするのが平均的なところか。

自分の行動を自分なりに観察していくと、朝の慌ただしさは、まさに「斜めに走る」生活そのものである。マグカップを持った手から、自分の意志とは関係なく斜め走行に駆り立てる習性が出来上がっていると言ってもいい。

斜め暮らしの一日は、風呂上がりに飲み干す缶ビールをテーブルへ垂直に置くことでピリオドを打つ、そういう人もいるだろう。斜めばかりでなく水平に経過する時間もそれなりにあるのだが、一日とは、とにかく呆気ない。

寝付かれぬ柱時計の息遣い

塚田　京子

寝付かれぬ夜、静まり返った部屋の中で柱時計も息遣いをしていることに気がつく。柱時計の息遣いは、我が家の息遣いなのかもしれない。

家族一人一人の息遣いにも思いが及び、最後に寝付かれぬ自分自身のことに戻ってくる。これでは朝まで寝付かれないのではないかと思えば、考えることにいい加減疲れてしまい、いつの間にか眠りについている訳である。

にごり酒
ひとりの夜が
満ちてくる

西村　恕葉

冷や酒は口当たりがいい。冷やで飲むにごり酒はさらに口当たりがいい。一人で飲んでもどんどんいってしまう。酔うほどに、満足な一人の夜の中に入っていくことになる。

夜の暗さの中に溶けていくようなにごり酒の白さは、酔っていく当人そのものなのかもしれない。

不眠症すこし余罪がありまして

中井栄美子

洗いざらい白状するというのはなかなか難しいものであり、青春小説のような爽やかな後味というのは、まさに虚構の世界だけの話である。世の中はそう簡単にはできていないのであり、現実の人間もそれほど単純ではない。

だから、事はもう済んだものとして、白状し切れていない余罪をさっさと忘れようとすることもできず、それが不眠症となって現れて、日中今一つ元気が出ない、などということにもなってしまう。法律の次元とは別に、悪いことをした場合の余罪は、それはそれなりの償いを必ずさせられる訳である。

大昔のテンポで塔の上の雲

吉田美紗子

佐佐木信綱の短歌に「ゆく秋の大和の国の薬師寺の塔の上なる一ひらの雲」がある。これに出てくる一ひらの雲は、天が高く見える秋空に浮かんでいるものなので、静のイメージを持つ。奈良の薬師寺の六重にも見える三重塔を下から少しずつ上へと眺めていって、そのてっぺんの相輪のさらにその上にまで視線を持ち上げて見つけた一ひらの雲、これに動きは感じられない。

この川柳の方の雲は、大昔のテンポという動を持っている。塔を眺めている視野の中で、右から左、あるいは左から右へとゆっくり動いている雲である。これは秋ではない。秋以外のいつごろなのか、読む方が好きに想像して決めればいいことであろう。

旅三日
見えないものが
見えてくる

西出　楓楽

美しい風景に感動し、旨い食べ物と酒を堪能して三日も経てば、自分以外のものに目を奪われることにも些か飽きてくる頃となる。そうすると少しずつ心の目線は方向転換し始める。実際に視界の中で見えているものがちょっとずつ遠のいていき、その場では見えるはずのないもののかたちがおもむろに現れてくる。

家のこと、例えば冷蔵庫の中に眠っている調味料や乳製品の賞味期限とか消費期限とか、そういう瑣末なものから始まって、家族やペットのこと、そして自分自身、さらに来し方行く末までを旅先の寝床で考えたりすることもある。しかしそれも一時のことで、また車窓からの素晴らしい景色に心を踊らされると、それらのこともまた忘れてしまうのだろう。

倒れない自信で塔は立っている

中野　六助

東京スカイツリーは勿論のこと、京都や奈良の古寺にある五重塔や三重塔、さらに真ん中が円くなった、近場のお寺でも見かける二階建ての多宝塔だって、滅多なことでは倒れたくないという自信をもっていることだろう。塔とは自信の塊であり、その塊が空へと伸びているのだ。まさにちょっとやそっとの地震ぐらいでは倒れないぞという自信が、塔自身の気持ちの中にある。

　ところで、お寺の塔を眺める時、それが何層の構築物であろうと、取り敢えずは、見上げながらも必ずぐるりと歩き回りたくなるのはどういう習性だろうか。自信に満ちている塔の完璧な姿のきっとどこかに思いも寄らぬ影の部分があるのではないか、それを探りたくなる心理が働くからだろうか。もちろん、そんな人間の心理を塔は相手にしていないだろうが。

ラーメンに
しようとメニュー
すぐ決まり

田口　麦彦

二、三人でも四、五人でも、車の中でも人通りでも、お昼のメニューに何を食べようかとくだけたにわか会議を開いて、いろいろ意見が出されても、結局はラーメンに落ち着いたりするものである。

もちろんラーメンのほかに餃子を頼む者もいるだろうが、若い世代なら、ラーメン屋へ入ることにあくまで異議を唱える者はいないだろう。これが若くない世代だと、一番の年上が、旨い蕎麦屋を知っているんだ、などと言い出せば、みんなすぐにそれへ同調してにわか会議の議論にはならない。

自首をするように出てきた探し物

毛利　由美

出てきた探し物に、どういう罪があるというのか。そんなものは何もない。しかし探し物が見つからなくて苦労し、結局同じ物をまた買う羽目になって無駄な出費をしたとか、二つも同じものを買い揃えて家族にからかわれたとしたら、探し出された物の方もいささか恐縮して自首をするような表情になるというものである。片付け方、仕舞い方が悪かった自分のことは棚に上げて、お前が悪いんだぞ、などと八つ当たり気味の昂ぶった気持ちを少し察したのかもしれない。

井上陽水の歌では、探し物がなかなか見つからないなら夢の中へ行ってみませんか、などという暢気な展開になったが、実際の日常生活はそんなものではない。擬人化した世界の中で、探す方の切迫感だけでなく、探される方の隠れた緊張感も面白おかしく覗かせてくれる句である。

うす暗い
廊下で過去と
擦れ違う

赤松ますみ

アルバムを開いたり古い日記を持ち出してめくってみたりして思い出に浸る時間には、どこかわざとらしさがつきまとう、と言ったら言い過ぎだろうか。写真の笑みには無理があったり、日記にはうわべのことしか書かれていなかったりするのではないか。

自分の過去と真摯に向き合うというのは、うす暗い廊下でのほんのわずかの時間から始まるものなのかもしれない。

ピカピカの新車に乗っている無職

高瀬　霜石

自家用車とその持ち主との関係について、周囲の人間を観察していくと、いろいろなことに気がつく。まず、車の値段と購入者の収入に相関関係はない。豪邸に住んでいるのは金持ちばかりであることを引き合いに出せば、家を建てることと車を買うことには大きな違いがある。高級車がどこの家の車庫に入るのかなあと眺めていると、大した造りでもない家のカーポートに収まったりする。地位も名声も財産もかなりあるのではないかという人物が、大衆車のハンドルを握っていたりする。小柄な人が大きな車を運転していたり、その逆に、大柄なのに軽自動車で通勤していたり、身綺麗なのに車の手入れはルーズだったり、部屋掃除も碌にしないのに愛車の手入れは入念にやったりする輩もいる。この句のように、新車を買ったからといってその人がきちんとした職業についていない、そういうことだって充分あり得る話なのである。

おめでとう
虚勢張るのも
芸のうち

山本　洵一

どうして虚勢というものを張るのだろうか。張れば張るほど虚勢だと分かってしまうのに、なぜ張るのをやめないのだろうか。これが芸というなら、これほどつまらない芸は世の中に存在しないだろう。

虚勢を張られた方だって、本音は辟易しながら沈黙を続けているだけのことである。ほんとうにおめでたい芸である。

魂の半分ほどは売りやすし

松永　千秋

魂に「半分」という概念があてはまるのか。あんパンなら半分でもあんパンはあんパンのままであるが、半分個の魂などというものが成立するのか。

そんな疑問を持ちながら、再度味わってみると、人間の社会生活というのは、魂の半分を売り歩きながら暮らしているのではないかと思えてくる。

半分までを切り売りしながら、もう半分は決して手放さず生きている。半分になってしまった魂は、翌日目が覚めると、いつの間にか一個分に復元している。そして、また半分を売って暮らしていく。そんな繰り返しをして人は生きているのかもしれない。半分だけなら、魂は売りやすい。全部となると、相当な躊躇いが出てくるだろう。「魂の半分」とは見事な発見である。

よく笑う
悲しいことが
あるのだろう

赤松　蛍子

　あまりにもよく笑うから、却って悲しく見えてしまう。丹念に観察した結果が逆説的になることを発見して詠む方法は、川柳の得意とする穿ちの世界である。

　すぐに泣きたがるから、案外強かで計算ずくなのではないかと思ったりする。やたら威張っていてそれが余りにも度を越しているから、逆に小心者ではないかと考えたりする。

　人を観察してくると、いろんなところに気づくものであるが、我が身を振り返り、観察する立場から観察される位置に立たされれば、己もそういう人達の中の一人だということを改めて思い知る。なるほど、人間模様を眺めることは自分を見つめ直すことである。

足して二で割る結論へ眠れない

大野　信夫

よく新聞やテレビなどでいろいろなデータの平均値が話題として出てくる。サラリーマンの年収とか大人の睡眠時間とか、あるいは高校生の体格とか、例をあげていったらいくつでも出てこよう。そういう数字に関心を示すのは、自分と照らし合わせて、上に位置するか下に位置するか確認したいからである。

確認したいということは、自分について不安定な面を持っているからとも言える。「俺は俺」「私は私」という信念を強く持っているなら、平均した数字などにあまり興味を示さない。この句を読んでいたらそんなことを思いついた。

たかだか二つのことを平均化するようにして出した結論、とても折衷案とは呼べない、安易で姑息なやり方に妥協などできる訳がない。だから眠れないのである。

大股に
歩いてみても
孤独感

松代　天鬼

孤独感はどう持ち替えてみても孤独感なのだが、大股に歩き出してみれば、意外と前向きの孤独感になったりするのではなかろうか。とにかく、歩いてみないと分からないのが世の中と人生なのである。

大股歩きを繰り返し続けていれば、さらに前を向く効用が顕著になるはずである。大股の孤独感とは、そういうものであると解釈したい。

上書き保存前よりいいと言えないが

熊谷　岳朗

毎日書き記す日記のようなものは別だろうが、仕事で作成する文書、趣味で個人的に書く散文のほとんどは加筆訂正や推敲の段階を経て完成されるので、パソコンを使って作成する場合、新規保存より上書き保存のクリックの方が断然多い。

この句は、文章を手直ししたから前のものより必ずいいものとは限らない、と正直に吐露しているのである。要は、添削すればよりよいものに出来上がるという考え方はもっともなことだが、心に思ったことを初めて素直に書き表すということの重みもぞんざいに扱いたくない、そういうこだわりを持っているということか。

言葉づかいがどうの、文の構成がこうのと弄ることは、最初がすべてという気魄を薄めてしまう場合もある。表現以前の思いが一番大切であり、上書き保存は無闇に行うべきものではないのかもしれない。

少しだけ狂って
少しだけ
笑う

城後　朱美

齢を重ねていきながら、物事には程度があり、何事も程度問題だということを少しずつ会得するのが一般的な人間なのだろう。とりあえず少しだけ狂うことはいい。少しだけ笑うならそれも許す。しかし、あまり狂っていると警察を呼びたくなるし、笑い過ぎるのもはた迷惑になる場合がある。

健全なメンタリティーを保つためにも程度を弁えることは大切である。長生きをしたければ、自分の人生や世間と長くお付き合いしたいなら、この句のような感情へのスタンスが必要なのかもしれない。

そうは言っても何事も少しずつ、程々にするというのは案外難しいもので、バイキング料理ですら、好きなものを集中的に取りたがる訳で、それも人間の習性というものである。

ポイントのつかぬ日行かぬお買物

阿部　淑子

今の世の中はポイント社会。本日はポイント5倍、という甘いささやきに乗せられて余計な物を買い込むことは絶対にしない、と固い信念を持つのも結構だが、頑なに拒否するのも大人気ない。こつこつとポイントを貯めて得たもの（ポイント交換商品やキャッシュバック）に係る店側の経費は、お店の商品の価格にそっくり上乗せされている訳であり、その損得勘定を踏まえれば、ポイントのお得感は、ポイントで得していない人の支払いによって支えられている構図も見えてくる。クレジットカードのポイントも然りで、カード支払いのメリットは、財布に小銭が貯まらないことだけではない。

同じ阿呆なら踊らな損々というか、消費するなら、ポイントを稼ぐに越したことはないと言える。この句のとおり、ポイントのつかぬ日の出費は控えた方が賢い消費者であることも、決して間違いではない。

風船が割れたら意味のない空気

森山　盛桜

　意味のない空気、これはなかなか思いつかない言い方である。世の中に意味のないものはあるのか。意味がないと勝手に決めつけているだけのことなのではないか。意味と無意味に区分けすること自体が、実は意味のないことではないのか。こういう論理の展開もいろいろ考え始めていくと結構はまってしまうものであるが、句に戻り、意味がないと言い放たれてしまった空気の気持ちというものにも心を傾けてやりたい気になってくる。

　風船に押し込められて、その圧力に屈せず頑張ってきた空気の努力も、その風船が割れてしまえば呆気なく無に帰してしまう。そんなバカな、そんなバナナの世界である。意味がない、などと安易に言うことは少し慎むべきことか。世界というものは、すべて意味という関係性によって成り立っていると考えるならば、風船に入っていた空気があまりにも可哀想である。

右を見て左を見たら鳥になる

徳長　怜子

農家などで飼っている鶏とか公園でうろちょろしている鳩とか、そういった鳥達を暇に飽かせて観察していると、右を向いたり左に向きを変えたり、さらに小首を傾げて思案顔を見せたりと、いろいろな仕草をしてくれるが、一体何を考えているのか、などと眺めながらいつの間に擬人化している自分に気づく。右を見て左を見る行動をとったら、自分が忽然と鳥に変わっていた。そんなことになってしまっても不自然ではなさそうである。

鳥は大空を飛んでいる時、実は人間をつぶさに観察しながら舞っていて、人間の右顧左眄ばかりする優柔不断さに、鳥ほどの決断力がないことを密かに嘲笑っているのかもしれない。だから人間どもは空を飛べないのだ、と。

まな板も時々くだをまく深夜

内田　久枝

寝静まった頃の台所というのは、昼間の慌ただしさの反動というか、何か怪しげな無言の主張が感じられそうである。物事の見つけ方が実に上手い句であると感心する。三度の食事を用意するたびに持ち出され、包丁に毎度刻まれるだけ刻まれる。そういう日々を送っているまな板の立場になり擬人化してみると、実は深夜に何やらくだをまいている様子が見えてきた。まな板の鯉などと言うけど、鯉ではなく、おいらまな板の気持ちも考えてくれよ、などとぶつくさ言っているのかもしれない。

キャベツの千切りや大根の千六本で叩かれるままの日もあれば、出刃包丁で鯛などを思いっきりぐさりと捌けば、まな板自身がその力強さに身の危険を感じる時だってあっただろう。いろいろな場面を経験して何年、何十年と扱き使われているまな板が時々くだをまくぐらいのことは、当然認められていい。改めてまな板の存在に感謝したい。

青春のカーブミラーに君がいる

岡本　恵

愛車のハンドルを握り、見慣れた風景の道を進んで行けば、いつもの地点にいつものようにカーブミラーが立っている。何度も出合っているカーブミラーは、家の洗面台の鏡と違い、しみじみ眺めるようなことはできない。そんな暢気なことをしていたら後続車にクラクションを鳴らされるぐらいが落ちである。

そんなどこにでもあるカーブミラーに着目して青春という予想外の言葉をくっつけてみれば、今までと全然異なったカーブミラーの存在が意識されてくる。青春のカーブミラーにいるのは君の幻か、幻の君なのか。はたまた過去の自分自身の一瞬なのか。カーブミラーに目をやるちょっとした時間の中に、そんな深いものが潜んでいる。

老眼に　なってようやく　見える事

加藤　光夫

逆説的なことを言われて、なるほどそうかもしれないと素直に納得させるおもしろさがこの句の強みだろう。老眼になって小さい文字が見えなくなるということは、細かい字なんか読まなくていいということを教えているのかもしれない。書かれたものを丁寧に読んでいこうとするのは若い時分の話で、人生を云十年も積んできたなら、もうそういうスタイルは卒業して、何事も概念的な理解で充分だということが言えるだろうか。

あまりくよくよせずおおづかみな姿勢で生きていく。それが長生きの秘訣なのだろう。老眼が進んできて、そういう悟りがようやく見えてきた、そんなことを言っているのかもしれない。

賞罰もなく伝来の土地を継ぐ

高橋　岳水

なるほどと思う。伝来の土地を継ぐのは、確かに賞罰に縁のない顔の人間なのである。田畑であろうが山林であろうが、賞にも罰にも関係ない人間が、当たり前のように先祖代々から守られてきた土地を受け継ぐ。何かの賞をもらったり、あるいは罰などを受けたりしたら、伝来の土地を継ぐには不似合いなのである。

賞罰のない生き方を続けていれば、伝来の土地とともに、農耕民族の血も受け継がれていくのだろう。

嘘を
書かなかった
だろうか
長い手紙

和泉　香

ものを書くことに慣れていない人間が、手紙を出そうといざ便箋に向かっても、そう簡単に筆が進むものではない。手紙の書き方のマナーを気にし始めると、それにもとらわれてしまう。失礼に当たらないかどうかこだわり出すと、一字も書けなくなってしまう。意を決して書き始めて途中で読み返してみると、最初に頭の中で書こうと考えていたことからずれていることに気がつく。筆の進め方とは厄介なものである。

　この句の中の手紙は、そこまで悪戦苦闘していない。変な気負いもこだわりもなく、意外とすらすら書き終えた手紙だったのだろう。封じ目を糊付けしてもまだやり直しがきく。しかしポストに入れたらもう元には戻れない。嘘を書かなかっただろうかという疑問は、投函した後に湧いてきたと考えたい。

講釈を言わない回りずしが好き

多田　幹江

西洋料理は肩肘を張らせる。ナイフとフォークを持てば、穏やかな顔をしながらも怒り肩になっている。懐石料理も同じようなもので、いつも食しているようなものが出てきても、肩の凝りそうな食べ方をしなければいけない。

そこへいくと回りずしはいい。気を遣うのは、混み合ってきた時に隣へ少し詰めることぐらいで、あとは回っているすし達と仲よくやるだけのことである。味や食べ方についての講釈は一切不要の世界と言える。

出世払い
故郷に温い
借りがある

小渕はじ芽

税務署の言い分では、出世払いは贈与税の対象だそうである。つまり、出世払いなどと啖呵を切ってみても、将来において弁済しなければならない債務は発生しないと見做され、故に贈与に該当する訳である。

この句の出世払いの方は、税金のような野暮な考え方は全く不要である。故郷を出た人間が、己の内面にずっと持ち続けている信条である。一方的に思っている出世払いかもしれない。とすると、故郷には一遍も帰っていないと想像されてくる。

野心家のいつも離せぬリトマス紙

稲垣ひな子

小学校の理科の授業で習った、酸性かアルカリ性かを検査するリトマス試験紙には、二分法の原点みたいなイメージがある。プラスかマイナスか、善か悪か、正か邪か。こういった物事を二分して思考する原体験がリトマス紙である、そう言ったらいささか大袈裟だろうか。

野心を持つ者が、何でも二つに分けて判断することを武器に世渡りして地位や名誉を獲得していく。ところが、世の中というものはそう簡単にはいかなくて、酸性でもアルカリ性でもないものがたくさんある。善悪正邪で片付けられないことが山ほどある。これになかなか気づこうとしないでいると、思わぬところで躓くことになる訳である。

なるようになる
中年の
破れ傘

猿田　寒坊

実に小気味よい感じを受ける。思わず、そのとおりと言ってやりたくなる。中年という言葉が指している年齢層は、受け取り方によってかなりの開きが出ると思うが、とにかく自分は、上から下から、前から後ろから、どこから見ても中年であると認めているなら、傘の破れ具合などには頓着せず、すべてはなるようになる、ということだけを心がけていればいい。それが中年の意識が持つ特権なのである。

歳を重ねることに躊躇いのある人間には、この開き直りの特権は与えられない。

くどくどと言いつけていく母の留守

大津　久志

雨が降りそうになったら布団や洗濯物はすぐに取り込めとか、集金が来たら立て替えておいてとか、障子や襖は他人に家の中を見られないようにきちんと閉めておけとか、母親というのはただでさえくどいのに、どこかへ出掛ける前となるとなおさらひどくなる。

しかし、これに一々文句を言っていても始まらない。一日二十四時間、コンビニのように家のことを考えて仕切っていることを思えば、仕方ないのかもしれない。くどくど言いつけられた反動で、当人は結構寛いで留守番をしているのではなかろうか。

太陽の誕生を見た宇宙人

松木　秀

映画やアニメなどに出てくる大方の宇宙人というのは、どうしても擬人化されて登場する。つまり極めて人間的に作られていて、ある意味で人間の想像力の限界を見せているようなところがある。

　しかしこの句の宇宙人は、それとは一味違う。太陽の誕生にまで思いが及ぶことすら凄いのに、さらにそれを見たというのだから、並みの者ではない。物語の起承転結など一気に破壊してしまいそうな途方もない、力を超えた力を秘めている。こういうのがリアリティーのある宇宙人なのだろう。

添削されて五十五歳が返される

大沼　和子

二十五歳はお肌の曲がり角と宣う化粧品もあるが、五十五歳は人生の曲がり角と言っていいだろうか。誰かに今までの自分の人生を添削してもらいたい。今ならまだ間に合うかもしれない。そんな心境になるのが五十五歳の頃だとすると、なるほどもっともらしいことを詠んでいると思えてくる。これが六十歳という還暦の節目ではやはり間に合わないのではないか。

　添削して返されてもどうにもならない指摘と、どうにかなりそうなアドバイスが少しぐらい判明すれば、それでよしとすべき添削なのかもしれない。

しあわせを
びっしり詰めた
トタン屋根

久保美智子

一読しただけでは、トタン屋根にはどう転んでもしあわせが詰まっていなさそうと結論づけておしまいにしたくなるが、濡れ縁に出て庭に目をやりながら外の空気でも吸い込み、少し気分が変わった後に自分の部屋に戻って何気なくもう一度読み返してみると、頭の中でいろいろな角度からトタン屋根をイメージしてそれなりの擬人化をしたり、あるいは屋根瓦やビルの屋上と比較をしたりと、いろいろ思いを巡らしているうちに、一枚一枚のトタン板から幸せを連想することもおもしろいものだと気づく。

瓦とは違って気負いのないトタンは、四季の移ろいの中で日本の空を飽かず眺めながら、実はしあわせ感を漂わせているのかもしれない。

夕刊のない町
空気うまい町

青木　勇三

全国紙を発行している大手新聞社の夕刊紙は、各社とも採算がとれていないのではないか。何でもインターネットに頼るご時世に、夕刊を読んでいち早く情報をキャッチしようとすることは、残念ながらもう時代遅れの感じを持たざるを得ない。それでも夕刊はしぶとく発行される。

夕刊を広げて読むより夕焼けをじっと眺める方が、一日のカタルシスになるというものである。夕刊の配達されない町ののんびりとした豊かさは、うまい空気に育まれたものなのだろう。

カタカナのように面接かしこまり

本田　鋭雄

面接というのは、面接する方の優位性を考えると、かなり不公平なものである。面接される方が子羊になるどころかカタカナそのもののようにかしこまってしまっては、面接の体をなしていないと言えるだろう。あがり症なら仕方がないが、そうでないタイプまでカタカナにしてしまったら、それはそうさせた面接する方の責任でもあるか。せめてひらがな程度のゆとりを相手に持たせて面接を進めてもらいたいものである。

受け答えする声だけでなく全身が硬直してカタカナになってしまったことを承知のうえで、根掘り葉掘り質問を更に続け、最後に説教までされたのでは堪ったものではない。

生んでくれといった覚えはないと言う

山下　修子

反抗期の息子の捨て台詞だろうか。大人への準備期間には、こんな悪態をついて自分の部屋に籠ったり、家の外へ飛び出したりするものであるが、どこの家庭でも聞くような一般的な言い回しでもある。

親が、生まれてくれといった覚えはない、とはさすがに言い返せないことを承知のうえで、ナイフのように尖った言い回しをどんどん投げつけてくる口喧嘩、それはまるで、ロープ際に追い込まれたボクシングのようなもので、フックにアッパーカットやボディブローが矢継ぎ早に繰り出されるシーンと同じ。言葉による一方的な攻めの試合が家の中で展開される。

そうはいっても相手はまだ子供、親子関係という狭い世界の中でのバトルなのだから、長い目で見れば許されることとなる言葉のボクシングと言えるものかもしれない。

一本の樹を見るために帰省する

安西まさる

きっと誰に対しても、そんなことのために帰省するとは言わないだろう。自分一人の世界の中でそう思って帰省するのである。帰省する心の底に、一本の樹を見ることへの思いが横たわっている。だからなんなのさ、と訊かれたとしてもはっきりと答えることはできない。

樹そのものだって、他人が見れば、何の変哲もなくただそれだけが一本立っている、その程度のものである。でも、わざわざ帰省してその樹を見ることの意味は、当人の気持ちの中では揺るぎない。

法要のお陰　一族皆揃う

秋貞　敏子

一族の定義をどこまでの範囲にするか、それはそれぞれの家の考え方もあるだろうが、例えば、親の葬式で子供である兄弟姉妹が全員集まるというのは当たり前と言っていいだろう。これが祖父母が亡くなった場合でも、その葬儀にいとこ関係の孫達全員が更に揃うという場面はこれまた自然なものである。

しかし、こういう勢揃いの機会は滅多にない。いや、厳密に言えばそれが最後になってしまうこともある。何人もいる自分のいとこ達がそういう場所で勢揃いする。祖父母が四人いれば四回、そういう集まりが出来る。

おじいちゃん、おばあちゃんが一人ずつ亡くなっていき、最後の祖父母の葬儀の時、いとこが全員集合するのもこれが最後かとふと気がついて、感慨深くなったりすることもあろうか。以後、自分を含めた一族の概念の重みが微妙に変化していくのかもしれない。

紙コップ
やっぱりうまく
ないビール

安黒登貴枝

この句は、ビールが好きか嫌いかの立場で読み分けてみると、それなりのおもしろさが出てくる。

まずビール好きが野外のバーベキューで隣の人から紙コップにビールを注がれ、最初の一杯はいつもどおりのビールだと満足しながら飲み干した。何度も注ぎ注がれを繰り返していくうちに、ふにゃふにゃになった紙コップの情けない感触に物足りなさを感じ、やはりビールはグラスで飲まなきゃ、と心の中で講釈している光景である。

もしくはアルコールの苦手な人間が立食パーティーで乾杯のためのビールを紙コップに注がれてしまい、とりあえず口にして改めてビールは苦いだけの代物だと悟った場面である。その場の脇役に甘んじている紙コップ自身も、不本意なものを入れられてしまったと思っているに違いない。

少年よいじめましたと言い給え

上岡喜久子

悲しい現実だが、新聞の社会面を賑わすようないじめ事件を起こした少年が、自分がした行いを素直に認めるとは限らない。さらに残念なことであるが、そういういじめをする子も子なら、親の方も、そういう事実を率直に受け入れて、正直に白状するよう我が子を説得するような親でない場合が多い。

この句は「少年よ」と呼びかける言い回しであるが、言い給えという命令形には、年齢の差を超えた人間同士という対等な立場での働きかけを感じさせる。

早すぎる
礼状少し
味気ない

橋倉久美子

早すぎる礼状を受け取ると、確かにこのような気持ちになる。いや味気ないどころではない。白けた気分になってしまう時だってある。こういうことでもやはりタイミングというものが大切。せっかちはよくない。それに、何事も礼儀正しく生きていけばいいというものでもない。偶には己の無骨さを曝してもいい。

さらに言えば、無骨な人生を送ってきた人間が図らずも見せた礼儀正しさに、おっ、と声を上げたくなるような時の方が、堪らない感動を覚えるものである。

質問をしてよろしいか抽象画

岩井　三窓

名画と言えど抽象画というのは、ずっと眺めていても埒が明かない。無理することはない。絵の中にある丸や三角、あるいは赤や黄色について素直に質問をすればいいのである。この句でポイントになるのは、どういうことを尋ねればいいのかということではなく、口の利き方にあるようである。「質問をしてよろしいか」という丁寧な言い回しには、理解して鑑賞しようという姿勢だけでなく、理解できない自分に対して恬淡としている心理も窺われる。

ピカソなどの抽象画というのは、諷刺を得意とする川柳にはしばしば使われるポピュラーな題材であり、抽象であるだけ狙われやすい要素を持っていると言える。

昔見えなかった
物が
見えて来た

佐藤　后子

視力というものは、年を取れば一般的には衰えていくものだろうが、老眼になって近くの物が見えにくくなる中年の時期を迎えると、昔は気づかなかった物が見えてきたり、若い頃には知らなかった事が分かってきたりする場合がある。老いてくると運動神経や筋力の衰え、記憶力の低下などで、嫌なことばかりが増えていくことは事実だが、その代わりに若い時分には素通りしていた、想像すらしなかったことにはっと気づいたりすることがある。目から鱗が落ちるような時もある。これが結構堪らない。

若ければいいということもないし、老いていくからすべてがつまらなくなるというものでもない。見えなかったものが年齢とともに確かに見えてくる。

行列をしてまで行かぬラーメン屋

土屋　天九

こう言われたら、ラーメン大好き派の人達は怒るかもしれない。行列しなければ食べられないようなラーメン屋は全国どこにでも且ついくらでもあるのだから、店先でしばし並んで待つくらいのことは辛抱のうちに入らない。そう主張することだろう。

しかし、たかがラーメンなのである。作者の気持ちも分からない訳ではない。ラーメン程度で並ぶのも面倒である。

ラーメンと行列の関係について考察すると、ラーメンが旨いから客が行列する事態になるのか、行列するほど頑張って待つからそのラーメンも一層美味しく食べられるのか、こういう議論も必要になってくるかもしれない。

いやいや、そもそも腹が減っているから大概のラーメンはいつでも旨い、美味しいのだ。こういうツッコミであっさり幕切れになることも考えられる。

子には子の
主張があって
背が伸びる

小川　忠正

子供の身長が少しずつ着実に伸びていくことは、大人との大きな違いである。背が伸びることは、生意気な口の利き方を覚えながらも、日増しにものを考えてしっかりしていく当の子供を象徴している訳である。

そのことに気がつくことは大人の務めかもしれない。説教ばかりするのも能がないことに改めて気がつく。

コンビニで時々猫を買ってくる

櫟田　礼文

コンビニでは弁当や雑誌だけでなく、とりあえず必要な物は何でも手軽に気安く手に入れることができる。この手軽さ、気安さを言うために、愛玩動物の典型である猫を持ち出してきたのだろうか。

　コンビニもやたらと増え、それに合わせたように猫を可愛がる人間もよく見受けられる世の中になった気がする。便利だと思うことは、便利さを超えて安易さに流される面もあり、コンビニも猫可愛がりされていると言えるのかもしれない。

天の邪鬼といわれる人の物わかり

前　つとむ

物わかりのいいように見える人ほど、どこか警戒心を起こさせるような怪しさがある。天の邪鬼タイプの方が、意外と物わかりがいいのかもしれない。

頻りに頷いたり相槌を打ったりして、こっちの考えをよく分かってくれているのかと思いきや、実はそんな話にほとんど興味がなく、早く話題を打ち切ってもらいたいためにそうしているだけというケースもよくある。

あほなこと言うておんなじ色になる

小島　百恵

おんなじ色になるのは、単に同調することとは違うだろう。その場の雰囲気の中でおんなじ色になるのだから、その場を抜けると、おんなじ色はすんなり脱げて消えていくはずだ。

おんなじになった心の色を観察すると、同調などとはちがった微妙な色合い、グラデーションなどが見えてきそうである。あほなことを言うておきながら、自分を決して見失わないしたたかさとしぶとさが隠れていそうでもある。

子のために
父の勇気は
とってある

近藤ゆかり

勇気の原点を親子関係に置く。衒いがなくてすっきりしている。赤の他人に勇気を見せる前に、まず身内を大切にしていきたいものである。

自転車の前輪がする右顧左眄

佐道　正

ほんとによく見ていますね、と感心する次第である。特に、ペダルに足をかけて漕ぎ出す時の前輪の揺れ具合は、右顧左眄そのものであると言っていいだろう。春風に吹かれながら鼻歌を歌って川堤の小径を走る、そういうちょっとしたサイクリングもこれに該当するだろうか。

右顧左眄という、なかなかその漢字も覚えられず、使われる時も必ずしもいい意味では用いられない四字熟語が、こういうふうに詠み込まれることによって、不遇を託つような存在感から、少しだけでも解放されたような気分になるなら、それはそれで結構ではないか。

レシートをもらい
安心する
財布

みよし　すみこ

財布にも気持ちがある。あまり買い物をし過ぎて浪費になるようなことだと、財布だって大丈夫かなと不安がるだろう。レシートをもらって財布に入れてやれば少しは安心する。家に帰ってから、財布の残額とレシートの合計を見比べることもできる。無駄遣いの反省を促す証拠にもなる。

老いの姿で改札口は通るまい

奥山　晴生

何度も読み返すと何となく分かってくるような句というのは、時間の経過とともに一輪挿しの蕾がゆっくり花開いてくるような、気がつけばそこだけの広がりとそれなりの様相を見せてくれる味わいがある。

改札口には、駅員が待ち構えていようが自動改札だろうが、検問所みたいな厳しさが少なからず漂っている訳で、若者ならすいすいと通り過ぎて行くけど、足腰が弱くなってきて記憶力もかなり落ちてきた、人生の終盤に差し掛かってきた年代が改札を通るという行為は、一つの課題を解くことに近い場合もある。車の運転免許は返納したが、電車にはまだ気軽に乗りたい、そんな気持ちがあるのかもしれない。たかが改札口、されど高齢者にとっての改札口なのである。

始まりも
終わりも無くて
夜は明ける

中島　哲也

類語辞典で「夜明け」をひくと、暁、未明、鶏鳴、東雲、黎明、薄明、その他いろいろ出てきた。毎日一回、決められた時刻に起きる現象であるが、大方の人は眠っていて起きていない時間の現象である。

そんなことを考えていたら、始まりも終りも無くて夜が明けてくることが、妙にすんなりと受け入れられてくるようで不思議でもある。

●参考資料

「川柳マガジン」「百色」「川柳マガジン年鑑」(いずれも新葉館出版)、「ふあうすと年鑑」(ふあうすと川柳社)、「川柳展望」(川柳展望社)、「川柳文学コロキュウム」(川柳文学コロキュウム)、「川柳 緑」(川柳みどり会)、「三省堂 現代川柳必携」、「三省堂 現代川柳鑑賞事典」、「三省堂 現代女流川柳鑑賞事典」(いずれも三省堂)、「川柳表現辞典」(飯塚書店)、「日本川柳秀句・推薦句集」(平成三年版・日本川柳協会)、「日本川柳推薦句集」(昭和六十一年版・日本川柳協会)。

●本書は「自治医科大学学内広報」で筆者が連載していた「川柳こらむ」から一部抜粋し、再編集したものです。

あとがき

「川柳の神様」シリーズは、このⅢでいよいよ最後の刊行となる。

六〇歳を過ぎてから、川柳指導をいくつか引き受けるようになった。まずは添削教室である。これは当時所属していた吟社の柳誌に連載されて数年続いた。連載中からある程度の反響があり、私なりに手応えも感じていた。その後「添削から学ぶ 川柳上達法」として出版することができた。

この他に、自由にのびのびと活動している地元の吟社二社を指導することになった。互選結果に寸評を入れてアドバイスしている。出席者が意欲的に質問してくることが素直に嬉しい。いずれもまだ一年に満たないが、今後も楽しみな集まりである。

こういった指導の中で、私は折にふれ多読多作の大切さを説いている。しかし私の印象では、多作ではあるが多読の習慣がまだ身に付いていない気がしている。課題と向き合って熱心に句を詠もうとする姿勢は充分に理解できる。出来上がった自作についてきちんとしたコメント（作句の経緯）も述べている。

これらは素直に評価できることであるが、江戸宝暦年間に万句合《まんくあわせ》から生まれた古川柳（誹風柳多留初篇〜二十四篇）は、そもそもがほぼ読み人知らずの作者不詳である。短歌や俳句のように、詞書《ことばがき》や自句自註を記すようなことはなかった。作品は入選したら何も介在されることなく読み手にバトンタッチされる訳である。自作について何かをコメントすることは、ある意味で言わずもがなの側面がある。

日々多読を心がけて、他人の作品を自分なりの解釈によって鑑賞する。深い味わいを積めば、必ず自分に跳ね返って作句が向上することにつながる。

いずれの吟社に対しても、ゆくゆくは自分なりに佳句と感じた他人の作品を丁寧に紹介できるような場を設けたいと考えている。

多読と多作は川柳上達法の両輪である。この「川柳の神様」シリーズが、多読する習慣を身に付けるためのヒントになればと望んでいる。僅か十七音の短い言語空間の中にストーリー性を読み取り、作品の世界というものは広くて奥行きがあることを感じて欲しい。

そして、世間一般に対して川柳の楽しさ・面白さを普及させることに少しでも寄与できればと切に願っている。

今回の出版に際しては、「Ⅰ」「Ⅱ」と同じように新葉館出版の竹田麻衣子さんに大変お世話になりました。心より感謝申し上げます。シリーズが完結して今更ながら、竹田さんとの二人三脚で進められたことを有り難く感じています。今後は、私の心の中で竹田さんは神格化されていくかもしれません。そして再び句集を出版するような機会があれば、有り難い助言をいただくことになるでしょう。

また掲出して鑑賞した句の作者へは、前回、前々回と同じくお礼の意味を込めて本書を贈呈する所存です。私なりにいろいろ調べて出来る限りお送りする予定でありますが、もし時間を経てまだ届かないような場合、著者に住所を教えていただければ速やかに対応したいと思っています。

令和五年四月吉日

三上博史

●著者略歴

三上博史（みかみ・ひろし）

昭和31年生まれ、栃木県壬生町出身、早稲田大学第一文学部哲学専攻卒業。36歳の頃に川柳と出会い生涯の友とする。以来柳歴30年。最近は地元栃木で川柳指導を積極的に行っている（「川柳遊人」宇都宮市、「みぶスリーアップ川柳会」壬生町）。

川柳研究会「鬼怒の芽」会員（栃木）、川柳展望会員（大阪）、夏雲川柳テラス会員（東京・Web句会）、一般社団法人全日本川柳協会理事、栃木県文芸家協会理事・朝明編集委員長・事務局長、日本ペンクラブ会員、読売新聞とちぎ時事川柳選者。

著書に「川柳作家ベストコレクション 三上博史」、「添削から学ぶ川柳上達法」、「川柳の神様Ⅰ・Ⅱ」（以上、新葉館出版）。

Facebook(三上博史)にて「∬ ∬ 今日の一句 ∬ ∬」を日々発信中、「三上博史川柳Blog」を3日に1回更新中。

現住所　〒321-0226 栃木県下都賀郡壬生町中央町16-18

川柳の神様Ⅲ

—秀句の誕生と鑑賞—

○

2023年 5 月27日　初　版

著　者

三　上　博　史

発行人

松　岡　恭　子

発行所

新　葉　館　出　版

大阪市東成区玉津1丁目9-16 4F　〒537-0023

TEL06-4259-3777㈹　FAX06-4259-3888

http://shinyokan.jp/

印刷所

明誠企画株式会社

○

定価はカバーに表示してあります。

ISBN978-4-8237-1085-8